CUENTOS PARA TODO EL AÑO

Después de la tormenta

Ilustraciones de Vivi Escrivá

ALFAGUARA
INFANTIL Y JUVENIL
SANTILLANA

© **1999 Santillana USA Publishing Co., Inc.**

2105 N.W. 86th Ave.
Miami, FL 33122

01 02 10 9 8 7 6 5 4 3 2 1

Printed in Mexico

ISBN: 1-58105-190-5

Después de la tormenta, a fines del verano, el suelo estaba cubierto de ramas y hojas. Las flores habían perdido sus últimos pétalos y al lado del camino habían caído varias semillas.

A la mañana siguiente, cuando los primeros rayos de
sol comenzaron a calentar la tierra, un petirrojo
madrugador vio las semillas.

—¡Qué buen desayuno! —dijo el petirrojo cogiendo
una de las semillas y volando a su nido.

—¡Qué gran almuerzo! —dijo una ardillita listada al mediodía, mientras cogía una de las semillas y corría a comérsela sobre el poste de la cerca.

—¡Una merienda perfecta! —exclamó una ardilla gris esa tarde, y luego corrió a su agujero en el tronco hueco de un árbol, con una de las semillas.

—¡Ya tenemos cena! —le dijo una hormiga a la otra.
A las dos hormigas les tomó casi toda la tarde llevarse
una semilla a su hormiguero. Iban lentas pero al final
la semilla desapareció, como las demás.

Sólo una semilla quedó sobre la tierra.

—¡Auxilio! —gritó la semillita—. ¡¡¡Socorro!!! No
quiero que me lleve un petirrojo, no quiero que me
lleve una ardillita listada, no quiero que me lleve una
ardilla gris y, de ningún modo, quiero que me lleven
arrastrada a un hormiguero. ¡Auxilio! Por favor,
¡¡¡Socorro!!!

El sol iba ya a esconderse détras del horizonte cuando oyó el llamado de la semillita.

—Ayudemos a la semilla —les dijo a sus amigos, el viento y la lluvia. Y como ambos lo apreciaban y respetaban, accedieron.

El viento sopló ligeramente sobre el campo, y una capa ligera de polvo cubrió a la semilla.

A la mañana siguiente, la lluvia cayó suavemente y la tierra alrededor de la semilla se empapó y se volvió fangosa, envolviéndola completamente.

Después que escampó, volvió a soplar el viento. Y más tierra se apiló sobre la semilla.

Cubierta de tierra, bien encerradita, la semilla
permaneció segura y protegida. Los días se hicieron
más cortos y fríos. Las hojas cambiaron su color
verde por hermosos tonos amarillos, anaranjados y
marrones. El viento sopló con fuerza arrancándolas
de las ramas. Los días se volvieron aún más breves y
más fríos.

Pero después del otoño brillante y el largo invierno,
regresó la primavera, y los días volvieron a ser cálidos.

El sol, que brillaba alegremente en el cielo, se acordó
de la semillita que había pedido ayuda. Y calentó
gentilmente la tierra alrededor de la semilla. Le pidió
a su amigo el aire que fuera en busca de algunas
nubes, y volvió a llover.

Una mañana, cuando el sol brillaba sobre la pradera
en la que estaba enterrada la semilla, lo saludaron
dos hojitas que apenas se asomaban de la tierra.

El viento fue muy cuidadoso esos días. Soplaba tan
suavemente que casi parecía que no estaba allí, pero
si se miraba con cuidado se podía ver que el tallito se
movía ligeramente.

La lluvia también fue cuidadosa y sólo enviaba gotas
de rocío para que la plantita se mantuviera húmeda.

Pero cuando el tronco se había vuelto alto y fuerte, llovió con entusiasmo. Y como el agua suavizó la tierra y penetró en ella, la planta pudo encontrar más alimentos y seguir creciendo.

Por varios días no se vio casi al sol. El cielo estaba cubierto de nubes. La lluvia y el viento parecían haberse adueñado del cielo.

Finalmente una mañana, el viento decidió llevarse
las nubes a refrescar otras partes de la Tierra. El sol
volvió a aparecer, tiñiendo el cielo de un rosado
brillante. Y para su sopresa, lo recibió lo que parecía
un nuevo sol que crecía sobre la tierra.

La semillita se había convertido en una enorme flor
que reflejaba el brillo redondo del sol.

Y en su expresión de amor por el sol, que la había salvado de ser el desayuno de un petirrojo, el almuerzo de una ardilla listada, la merienda de una ardilla gris o la cena de las hormigas, la flor siguió al sol a medida que se movía por el cielo.

Y hasta el día de hoy eso es lo que aún hacen los girasoles.